N° 100

ARNOULD GALOPIN

Provisoirement 15 Centimes

LE TOUR DU MONDE en HYDROAÉROPLANE

Aventures d'un apprenti Parisien

COUP DOUBLE

Notre Concours des Inventeurs

Voici les conditions du grand concours que nous ouvrons aujourd'hui.

Il s'agit d'établir le **plan COMPLET et DÉTAILLÉ d'un Hydroaéroplane**, qui ne soit point uniquement la copie de ceux qui existent aujourd'hui.

Les concurrents devront s'ingénier à trouver quelque chose de nouveau, un perfectionnement quelconque, qui fasse de l'hydroaéroplane un véhicule des plus marins, mais ne nuise en rien à sa vitesse aussi bien dans l'air que sur l'eau.

1° Les plans fournis devront être dressés sur des feuilles de papier à dessin, être tracés à l'encre de Chine et teintés à l'aquarelle. Tout plan au crayon sera refusé.

2° Les réductions devront toutes être ramenées à l'échelle de 0m01 % pour 1 mètre.

3° Chaque plan devra porter en haut, à gauche, une devise ou un proverbe.

4° Tout plan qui porterait le nom et l'adresse d'un concurrent, serait immédiatement exclu du concours.

5° Les plans envoyés devront être roulés et non pliés, et contenus dans un papier fort ou un carton léger.

6° Quand le concours sera terminé, nous publierons à cette même place la devise ou le proverbe adopté par les candidats victorieux. Ceux-ci n'auront qu'à se présenter dans nos bureaux où ils toucheront **immédiatement** le prix en argent qui leur aura été attribué.

Ceux qui habitent la province recevront ce prix par lettre chargée dès qu'ils nous auront fourni les pièces nécessaires établissant leur identité.

LISTE DU JURY

Les hautes personnalités, dont les noms suivent, ont bien voulu nous prêter leur concours pour juger les plans et procéder à leur classement par ordre de mérite.

MM.

HENRY DE LA VAULX, vice-président de l'Aéro-Club.

MARQUIS DE DION, ingénieur, député de la Loire Inférieure.

GABRIEL VOISIN, ingénieur-aviateur.

ANDRÉ BEAUMONT, enseigne de vaisseau, aviateur.

MAURICE TABUTEAU, aviateur.

GEORGES BESANÇON, secrétaire général de l'Aéro-Club.

ARNOLD FORDYCE, secrétaire de la direction du *Journal*.

THÉOPHILE VALLET, ingr, constructeur de canots automobiles et de moteurs marins.

MM.

ROBERT ESNAULT-PELTERIE, ingénieur civil, président de la Chambre syndicale des industries aéronautiques.

M. MALLET, ingénieur, directeur de la société " Zodiac ", fournisseur du ministère de la Guerre.

PAUL TISSANDIER, ingénieur-aviateur.

LOUIS DESMARS, architecte naval à Saint-Nazaire.

ALFRED VIGEANT, ingénieur.

JULES LEVALLOIS, ingénieur.

MASSON, ingénieur-mécanicien.

E. TSCHIERET, ingénieur-électricien.

F. DUBOIS, ingénieur.

Les prix seront décernés deux mois après la clôture définitive du Concours.

L'ÉDITEUR.

Prière de détacher et de conserver avec soin le bon que l'on trouvera au bas de la dernière page de la publication

LES AVENTURES D'UN APPRENTI PARISIEN

Le Tour du Monde en Hydroaéroplane

COUP DOUBLE

DLXI

Étranges découvertes (*Suite*)

Steiner !

L'inconnu avait bien dit : Steiner ! Et M. Voirin qui parlait admirablement la langue allemande avait bien compris !

Steiner était attendu, pour le lendemain, dans l'île Marajo !

Quelle louche besogne l'immonde Boche pouvait-il avoir à accomplir à cette extrême limite de territoire brésilien ?

Un instant interloqué par cette réception à laquelle il était loin de s'attendre, l'Ingénieur retrouvait peu à peu ses idées.

Quant à Francis le nom de Steiner était le seul mot qu'il eut compris de la phrase de bienvenue prononcée par l'habitant de la maison basse.

Mais cela seul suffisait au gosse : il savait désormais à quoi s'en tenir.

— Nous sommes tombés en plein dans un nid de Boches, songea-t-il. Va falloir, ouvrir l'œil !

Le gosse ouvrait même tout grand les deux yeux !

Pendant que M. Voirin se décidait non sans répugnance, à laisser son hôte l'appeler... Steiner, même «Lieber» Steiner, — et à engager — une conversation qui était ni plus ni moins que de l'hébreu pour Francis, le jeune garçon regardait avec attention les meubles et les objets qui garnissaient la pièce dans laquelle les deux aviateurs avaient été si cordialement, mais si singulièrement, reçus.

Au mur, s'accrochait un appareil récepteur d'ondes hertziennes.

— Télégraphie sans fil, songea le gosse. Naturellement ! ça fait partie du programme. Et ça ! continua-t-il à part lui en examinant de grands rectangles de papier fixés à la cloison par des punaises, et sur lesquels s'entre-croisaient des lignes, des pointillés, des courbes de différentes couleurs. Des cartes marines... avec des annotations en boche... et un plan de bateau, avec la coupe et l'élévation... un code de signaux...

Puis, jetant à la dérobée un coup d'œil à M. Voirin qui continuait à causer avec le maître du logis :

— Qu'est-ce qu'ils peuvent bien se raconter tous les deux ? murmura-t-il; dommage, vraiment, que je ne sache pas ce rauque jargon !

Soudain, le gosse retint à peine un mouvement de surprise.

Des mots français — lesquels, il n'aurait su le dire — venaient de frapper son oreille.

Aussitôt l'interlocuteur de M. Voirin, s'esclaffait, faisant de grands gestes dont la signification n'était pas douteuse.

L'affreux Boche ne comprenait pas le français !

L'Ingénieur continuait à parler dans sa langue maternelle, mais l'intonation qu'il donnait à ses paroles ne concordait nullement au sens des mots qu'il prononçait.

— Bon ! j'y suis, se dit Francis en affectant de regarder les murailles. Ça... c'est pour moi. L'autre ne comprend pas, mais moi... je dois comprendre... et exécuter.

— Cet imbécile, disait M. Voirin en adressant au Boche son plus gracieux sourire, ne sait pas notre langue.

Puis, comme s'il récitait des vers avec une emphase grotesque :

— Il tient absolument, continua-t-il, à ce que nous remisions à côté d'ici notre appareil. Nous devrions aussi passer la nuit sous son toit. J'accepte, forcément en ce qui me concerne. Toi, tu as l'habitude de coucher en plein air dans l'aéro pour le garder.

« Quand je te parlerai tout à l'heure, d'un ton de commandement, en allemand bien entendu, tu feras mine de comprendre et tu t'en iras aussitôt... prévenir nos camarades de ce qui nous est arrivé. Vous m'attendrez, tout prêts à partir et je vous rejoindrai au milieu de la nuit.

« *Gott mit uns* ! acheva M. Voirin en s'inclinant. *Gott mit uns* ! Herr... Herr ?

— Herr Otto Mettwurst !

— L'a pas un joli nom, le Boche ! constata Francis à part lui. Ça doit vouloir dire quelque chose en français ! Faudra que je demande plus tard au patron.

Herr Mettwurst, après avoir beaucoup, ou... probablement n'avoir pas compris un traître mot de ce que M. Voirin venait de... réciter, disposait des verres et des bouteilles sur la table qui occupait le milieu de la pièce où venait de se jouer cette singulière comédie.

— Franz ! appela tout à coup d'une voix gutturale, M. Voirin.

— Ça... songea le gosse en sursautant... c'est encore pour moi... Franz... Francis... y a pas d'erreur.

L'apprenti parisien se retourna tout d'une pièce, restant planté comme un piquet devant son patron.

— Franz, répéta celui-ci en faisant un geste désignant la porte...

Puis, ce fut une cascade de mots plus baroques les uns que les autres qui se succédèrent avec rapidité, écorchant les oreilles du malheureux Francis.

Enfin, l'Ingénieur étendit encore une fois le bras vers la porte et se tut.

« Franz » salua en signe d'obéissance et s'élança au dehors.

Quelques minutes après, le jeune garçon retrouvait Grondard et Fabien qui attendaient, assez inquiets de ne pas voir revenir plus tôt leurs deux compagnons.

. . . .

Rapidement, Francis mit au courant ses amis de l'étrange réception qui avait été faite à M. Voirin par Herr Otto Mettwurst ; il leur raconta en quelques mots ce qui s'était passé dans la maison basse.

Le Parigot n'en revenait pas.

— Ben ! s'exclamait-il en entendant le récit du gosse, y en a donc, semée comme ça sur tous les points du globe, de cette sale graine !

— Faut croire ! fit Grondard ; on peut pas faire un pas sans en rencontrer !

— Probable que le Mettwurst n'est pas seul de son espèce, dans l'île...

— Probable, répéta Francis, mais les autres ne se sont pas montrés.

— Il a dû être flatté, l'patron, d'être pris pour un Boche !

— Heureusement qu'il sait l'allemand, remarqua Fabien. Sans ça... on était frit ! Vraiment ça sert à quelque chose de connaître les langues étrangères !

« Dis donc ? demanda le Parigot à Francis après quelques instants de silence. Le patron a dit qu'il nous retrouverait ici vers le milieu de la nuit ?

— Oui.

— Alors on a le temps.

— Le temps ?

— Oui... d'aller faire un tour du côté des bâtiments qu'on voit d'ici au bord de la mer.

— Ce n'est peut-être pas très prudent.

— On n'nous mangera pas !

— Dame ! intervint Grondard en riant, on ne sait jamais ! Si ce sont des Boches qui logent dans ces sortes de hangars...

— Nous verrons bien, conclut le Parigot. D'ailleurs, en restant ici, près de l'aéro, nous risquons aussi d'être découverts. On doit voir entendu notre moteur quand nous sommes descendus...

« Allons-y !

Les trois camarades traversèrent la prairie avec précaution et arrivèrent bientôt derrière une file de constructions légères sur les façades

Le mécano, à son tour, se baissa légèrement et colla son œil au trou de la serrure. (page 1590).

desquelles ne se remarquait pas la moindre fenêtre.

Ces baraquements s'alignaient en bordure de l'Océan qu'ils dominaient de quelques pieds.

— Des hangars, fit le mécano à voix basse. Le Herr Wett... je n'sais plus quoi ! est un commerçant Boche quelconque, probablement...

— Et sûrement un espion ! ajouta Fabien ; puisqu'il connaît Steiner et même qu'il l'attend !

— Bah ! conclut Francis, espion et commerçant à la fois ! Sont tous comme ça en Allemagne !

Les trois aviateurs marchaient lentement sur le sable, longeaient les hangars qui semblaient hermétiquement clos.

Soudain le Parigot s'arrêta net.

— Ecoutez ! fit-il en étouffant sa voix.

Un ronflement sonore s'élevait de l'intérieur d'un baraquement le long duquel le petit groupe venait de passer.

— Un gardien ! émit le gosse. c'est tout naturel... Un veilleur...

— ... qui dort ! acheva Fabien en riant silencieusement.

Mais des pas lourds se faisaient entendre à l'extrémité de la file des légères constructions.

Une double silhouette se profilait dans la nuit lumineuse : deux hommes s'avançaient, en causant, vers l'endroit où les aviateurs se tenaient applatis contre les hangars, se dissimulant de leur mieux.

— Des Boches ! murmura le Parigot. Y a pas d'erreur ! Ça s'entend !

Les deux hommes s'arrêtaient bientôt devant le baraquement d'où s'exhalaient maintenant en tempête les ronflements du dormeur.

De violents coups de poing retentirent, frappés contre les planches d'une porte qui s'ouvrit au bout de quelques secondes.

Un instant après une vive lumière s'échappait par l'entrebaîllement du battant de bois que les deux hommes, en pénétrant dans le baraquement, avaient négligé de refermer complètement.

— Ma foi, dit Francis en désignant du doigt la porte entrebaîllée, je vais risquer un œil... faut que je voie ce qu'il y a là-dedans !

Le jeune garçon se glissa sans bruit jusqu'à la raie lumineuse qui filtrait au-dehors du hangar.

Mais il n'eut pas le temps de se rendre compte de ce qui se passait à l'intérieur.

Les deux Boches sortaient brusquement et faisaient quelques pas en attendant le gardien qui, repoussant simplement la porte derrière lui, se hâtait de les rejoindre.

Les trois hommes, éblouis par la vive clarté qui régnait dans le baraquement n'avaient pas aperçu Francis qu'ils frôlaient presque en passant devant lui. Leurs yeux n'avaient pas eu le temps de s'habituer à l'obscurité.

Le gosse attendit quelques minutes que tout danger fut écarté et retourna près de ses compagnons qui, un instant, avaient tremblé, le croyant découvert.

— Tu nous en as fait une peur ! fit à voix basse le Parigot. Et... tu n'as rien pu voir n'est-ce pas ?

— Rien.

— Ce n'était pas la peine, dit Grondard, de risquer si gros... pour si peu ! Allons nous en !

— Non, répondit Francis ; nous pouvons maintenant pénétrer dans le hangar en toute sécurité.

— Mais, objecta Fabien, les Boches ont laissé la lumière allumée, ils ne vont pas tarder à revenir. Et puis... la porte...

— ... est poussée seulement. Il y a un loquet, je l'ai entendu retomber et le gardien n'a pas fermé à clef.

— Alors... questionna le Parigot. Tentons-nous l'aventure ?

— Soit. répondit Grondard, mais dépêchons-nous !

Les trois aviateurs s'approchèrent avec précaution de la porte.

Mais au moment où Fabien mettait la main sur le loquet :

— Arrête... n'ouvre pas ! fit le gosse. La lumière nous trahirait...

— C'est vrai ! approuva Grondard. Francis a raison. Si nos Boches sont dans les environs, ils ne manqueraient pas de s'apercevoir qu'on ouvre la porte.

— Ben, proposa le Parigot, regardons tout bonnement par le trou de la serrure.

« Tiens, Francis, continua-t-il, en s'écartant un peu, à toi l'honneur ! Tu es le plus curieux...

Francis ne se fit pas répéter deux fois l'invitation.

— Qu'est-ce que tu vois, questionna Fabien au bout d'un instant.

— Un lit de camp, répondit le gosse, des caisses, des bidons empilés les uns sur les autres et puis de bizarres instruments d'acier... on dirait plutôt des pièces de rechange pour automobiles...

« Regarde, toi. Grondard, tu sauras peut-être ce que c'est ».

Le mécano, à son tour, se baissa légèrement et colla son œil au trou de la serrure.

Presque aussitôt il se redressait.

— Ah ! ça ! murmurait-il comme se parlant à lui-même, c'est extraordinaire ! oui... j'ai déjà vu des pièces détachées semblables à celles-ci... quand je suis allé à l'arsenal de Toulon... Quand aux bidons... c'est de l'essence, sûrement, et de l'huile.

« Fabien, Francis ! continuait-il en élevant un peu la voix, il faut absolument que nous pénétrions dans le hangar...

— Mais, objectait le Parigot, on verra la lumière... quand nous ouvrirons la porte

— Non, affirma le mécano, j'ai une idée ! .

En disant ces mots, Grondard se dépouillait de sa veste.

— Nous allons, expliqua-t-il, nous mettre l'un derrière l'autre devant l'entrebaîllement de la porte dès qu'elle sera entr'ouverte. Nos corps intercepteront la lumière. Mon veston tenu à bout de bras au-dessus de nos têtes contre le chambranle, empêchera aussi la clarté de passer. Entrons l'un après l'autre... vite ! avant que les Boches ne reviennent !

Quelques secondes après, les trois camarades se trouvaient à l'intérieur du hangar.

Des bidons d'essence, d'huile s'amoncelaient sur le plancher.

Des caisses sur lesquelles se voyaient les étiquettes multicolores de fabricants de conserves allemands et américains étaient empilées jusqu'au plafond.

Parmi ces pièces d'acier qui avaient si fort intrigué le gosse, Grondard reconnut sans peine des pistons, des axes, des bielles... le tout soigneusement graissé.

Il y avait là de quoi monter un moteur complet !

Soudain Francis laisse échapper une exclamation de surprise.

En soulevant une bâche de toile verte, il venait de découvrir posés les uns sur les autres, quelques tubes d'acier assez larges et armés, à leurs extrémités, d'ailerons métalliques.

— Des torpilles ! fit-il d'une voix étouffée.

— Oui, constata le mécano. Des torpilles ! Mais elles ne sont pas chargées...

Puis, jetant autour de lui un regard circulaire :

— Je commence à comprendre, murmura-t-il. De l'huile, de l'essence, des boîtes de conserves, un stock de pièces détachées de moteur à gazoline... Pas d'erreur : il n'y a que les sous-marins qui possèdent de ces moteurs-là !

— Alors ? interrogea Francis, nous serions...

— Parfaitement, acheva Grondard, nous sommes dans un dépôt destiné au ravitaillement des sous-marins ennemis !

— Ah ! les bandits ! s'exclama Fabien. Y a longtemps qu'ils la préparaient la guerre !

A ce moment un bruit de pas et de voix se fit entendre au dehors, tout près du hangar.

— Pincés ! gronda Fabien. V'là les Boches !

— Pas encore ! répondit le gosse en se précipitant vers la porte. Y a un verrou...

— Ils pourront pas entrer, c'est évident ! remarqua le Parigot, mais nous ne pourrons pas sortir.

— Si !

Francis saisissait une hache posée dans un coin et s'apprêtait à attaquer les planches qui fermaient, au fond, le hangar.

— Un instant, cria Grondard en arrêtant le geste de son camarade.

Sans autre explication le mécano empoignait un bidon d'essence dont il dévissait rapidement le bouchon.

Dehors, les pas se rapprochaient.

Quelqu'un souleva le loquet de la porte.

Un rauque juron, des exclamations de surprise se croisèrent ; la porte ébranlée furieusement ne s'ouvrait pas : les Boches n'y comprenaient rien.

Tout à coup, une flamme intense s'élança du sol.

Grondard avait vidé sur le plancher du hangar plusieurs bidons dont le contenu s'était en partie répandu au dehors.

Puis, y mettant le feu :

— Allons, maintenant ! s'était-il écrié en s'emparant d'une lourde tige de fer pendant que Francis à coups de hache entamait la cloison de planches qui formait le fond du baraquement.

En quelques secondes, tous deux pratiquaient une ouverture suffisante au passage d'un homme.

Il était temps !

L'incendie se propageait rapidement.

...sur lesquels s'entrecroisaient, des lignes, des pointillés... (page 1587).

Les bidons d'essence surchauffés par les flammes, éclataient avec un bruit sourd, fournissant un nouvel aliment au feu qui embrasait le hangar.

A peine les trois aviateurs s'étaient-ils éloignés en courant, qu'une explosion formidable ébranlait l'atmosphère, faisant voler en éclats le toit du baraquement.

— Tiens, remarqua Fabien, paraît qu'y avait pas que de l'essence dans le dépôt ! T'entends, Francis, comme ça pète !

Les détonations en effet se succédaient.

Le feu gagnait rapidement la file des légères constructions de bois.

L'incendie éclairait tous les environs ; les flammes se reflétaient dans la mer...

— Comme feu d'artifice ; c'est réussi ; déclara joyeusement le Parigot au moment où il pénétrait avec ses camarades dans le petit bois à la lisière duquel l'aéroplane attendait ses passagers.

— Oui, mais j' crois, fit le gosse, que le séjour de l'île va devenir malsain. T'entends ?

Des clameurs, des coups de sifflet, déchiraient l'espace.

Une troupe d'homme, martelant le sol de leurs lourdes bottes, accourait sur les lieux du sinistre.

On voyait des silhouettes noires, s'agiter, gesticuler, se découpant nettement sur les flots qui semblaient incandescents.

Soudain, une effroyable explosion fit vaciller le sol sous les pieds des aviateurs.

Le ciel s'embrasa tout à coup de mille flammèches multicolores.

— Le bouquet ! annonça gaîment le Parigot

— Vite ! à l'aéro, dit au même instant Francis, voilà le patron !

Sur la plaine éclairée comme en plein jour, un homme en effet, courait vers l'aéroplane dont les larges ailes se tachaient de reflets sanglants.

Quelques secondes plus tard, le moteur du monoplan mêlait ses crépitements précipités aux détonations des explosifs contenus dans les derniers hangars en flammes.

— Bien travaillé, mes enfants ! s'écriait M. Voirin que le gosse venait de mettre en quelques mots au courant des évènements de la soirée. Nous sommes ici dans un vrai nid de pirates... Moi aussi, j'ai fait d'intéressantes découvertes, je vous raconterai ça...

Sous l'impulsion énergique de l'hélice tournant à toute vitesse, l'aéro roulait sur la prairie, décollait, survolait quelques instants le théâtre de l'incendie et s'élançait dans l'espace.

Les hangars achevaient de se consumer, la maison base de Herr Otto Mettwurst brûlait et l'on apercevait çà et là sur le sol les nombreux cadavres des boches tués par l'explosion ; le centre de ravitaillement de l'île Marajo était anéanti.

DLXII

Coup double

Depuis de longues heures, seul entre le ciel et l'eau, perdu dans l'immensité, l'hydravion filait de toute la vitesse dont son moteur le rendait capable.

Les aviateurs maintenaient l'appareil à faible hauteur.

Certes à ce moment aucun d'eux ne pensait au concours organisé par le *Daily Telegraph*, au but primitif de leur voyage fantastique.

Peu importait maintenant le million qui devait être la récompense des hardis voyageurs s'ils remplissaient les conditions imposées par le fameux journal anglais.

Peu importait même que l'Ingénieur Voirin et ses courageux compagnons réussissent à faire sortir victorieuses de la dure épreuve, les couleurs françaises.

L'esprit des quatre aviateurs n'était tendu que vers ce seul but : couper à Steiner, la route d'Allemagne ; empêcher le misérable de porter, au pays qui venait de se jeter si traîtreusement sur la France le fruit de la merveilleuse et terrible découverte du chimiste Rodier.

Steiner et son complice après être passés à l'île Marajo devaient s'arrêter aux Açores.

De cela M. Voirin était absolument certain.

Herr Mettwurst, prenant l'Ingénieur pour l'aviateur boche, l'avait même chargé d'une importante commission pour le chef d'un dépôt de ravitaillement pour sous-marins créé depuis quelque temps sur la côte d'une des îles de l'archipel portugais !

Les passagers de l'hydravion connaissaient ainsi le point exact des Açores sur lequel devait atterrir l'aéro de Steiner.

Ils savaient même à quelle date précise ce dernier était attendu.

Mais il fallait user d'une prudence extrême.

L'arrivée de l'hydravion français ne pouvait passer inaperçue.

D'autre part, Herr Mettwurst, voyant débarquer à Marajo le véritable Steiner après le brusque départ de celui qu'il avait pris pour l'espion allemand, ne manquerait pas de mettre ce dernier au courant des événements de la nuit : il trouverait peut-être le moyen de prévenir ses complices des Açores bien que, selon toute probabilité, les appareils de télégraphie sans fil du centre de ravitaillement, eussent été détruits par l'incendie.

Francis à coups de hache entamait la cloison... (page 1591).

Dans tous les cas, la plus grande circonspection s'imposait.

Tandis que Francis pilotait l'aéroplane, M. Voirin étudiait une carte, à grande échelle, que son hôte de Marajo lui avait... gracieusement ! remise.

Levant enfin la tête :

— Steiner, dit-il à ses compagnons, doit atterrir dans l'île Terceira qui est située à peu près au centre de l'archipel.

« Les Açores, en effet, se composent d'une dizaine d'îlots.

— Alors, fit le Parigot, nous avons le choix. Pas besoin, peut-être, de toucher terre précisément dans cette île Terceira qui, puisque Steiner l'a choisie, doit être infestée de Boches.

— C'est absolument mon avis, approuva M. Voirin. D'autre part il est absolument indispensable que nous nous trouvions sur le point d'atterrissage au moment où l'appareil de notre adversaire viendra s'y poser.

— Sûr ! s'exclama Fabien. Faudra pas lui laisser le temps de se retourner, à ce vilain oiseau ! Il n'aurait qu'à déménager les bombes pour les remettre à ses complices de Terceira...

— Peu probable ! émit Grondard, le bandit voudra se donner tout l'honneur du cambriolage qu'il a si rapidement exécuté. Il tiendra à porter lui-même les engins en Allemagne.

— Peut-être, fit l'Ingénieur avec un geste de doute. Mais cela ne me préoccupe guère. Une hypothèse plus grave m'inquiète : Steiner est attendu. Le chef du centre de ravitaillement des Açores doit guetter son arrivée : il se portera certainement à sa rencontre ; sans aucun doute, il ne s'y rendra pas seul...

— Et nous aurons sur le dos toute la bochie de Terceira !

— C'est à craindre !

— Bah ! conclut le Parigot, faut pas s'en faire d'avance... on verra bien... et puis...

— Il ne s'agit pas, coupa sévèrement M. Voirin, de « s'en faire » comme tu dis. Il s'agit de ne rien laisser au hasard dans la partie que nous allons jouer et que je considère comme la plus sérieuse, la plus importante des phases de nos aventures.

— Certes !

— Songe aux conséquences incalculables que pourrait avoir pour notre pays l'échec de notre projet... Par conséquent...

— Ouvrons l'œil et le bon !

— Te tairas-tu, damné bavard ! s'écria l'Ingénieur avec impatience. Tu n'as vraiment pas l'air de te douter de la difficulté de l'entreprise, des dangers qui, presque certainement, nous attendent.

— Patron, déclara tranquillement le Parigot les dangers... nous n'en parlerons pas. Quant aux difficultés... nous savons que vous les surmonterez : vous en avez surmonté bien d'autres... et nous sommes tous là !

— Encore faut-il, répliqua M. Voirin, que Francis, Grondard et toi sachiez comment j'espère arriver au but !

. . . .

L'Ingénieur s'inspirant des renseignements qu'on lui avait si bénévolement donnés à Marajo, avait en effet conçu un plan qui après mure réflexion semblait devoir mettre dans son jeu le plus d'atouts possible.

Ce plan, d'ailleurs, ne devait pas tarder à recevoir un commencement d'exécution.

Les aviateurs approchaient des Açores.

Au loin, on voyait déjà émerger de la brume une série de hauteurs de forme conique, qu'à leur aspect général on pouvait aisément reconnaître pour d'anciens volcans éteints.

— Nous arrivons, dit M. Voirin en consultant sa carte. Voici l'île de San-Miguel, la plus grande de l'archipel.

— Diable, fit le Parigot, va falloir prendre de la hauteur. Il y a là une montagne pointue...

— Le pic de Vara, interrompit M. Voirin. C'est le point culminant de San-Miguel... plus de 2.000 mètres.

— Et derrière ?... sur la droite ?...

— Le Pico... on ne peut s'y tromper, c'est le plus élevé... Cet excellent Mettwurst me l'a signalé comme point de direction. Il paraît que, par temps clair, on l'aperçoit en mer à plus de trente cinq lieues...

— Patron ! cria à ce moment Francis qui, depuis quelques instants agissait sur le gouvernail de profondeur pour faire monter l'aéro ; patron ! regardez... là... dans l'eau...

Se penchant hors de la carlingue, M. Voirin explora des yeux la surface de la mer que le gosse lui indiquait du doigt.

Une masse sombre de forme oblongue, se mouvait assez rapidement à sept ou huit brasses sous les flots.

— Je m'en doutais ! s'exclama presqu'aussitôt l'Ingénieur... Un sous-marin ! Et... un Boche !

Les aviateurs suivirent du regard pendant quelques instants les évolutions du monstre dont toutes les particularités apparaissant avec la plus grande netteté, révélaient la nationalité.

— Comme on le voit bien ! fit le Parigot ;

il est vrai qu'il ne navigue pas à une grande profondeur.

— Quinze mètres peut-être, dit l'Ingénieur. Mais, à la hauteur où nous sommes, nous pourrions le distinguer même s'il était beaucoup plus bas. Plus l'on est élevé au-dessus de la surface des flots et plus le regard peut pénétrer profondément au sein de l'océan.

« L'aéroplane, comme le dirigeable d'ailleurs, est un engin merveilleux à cet égard. Il permet de découvrir les monstres d'acier qui se cachent sous les flots. Malheureusement, comme nous le voyons en ce moment, un hydravion ne peut assez ralentir sa vitesse pour tenir longtemps sous son contrôle un sous-marin...

L'aéro, en effet, avait dépassé le sous-marin qui disparaissait rapidement aux yeux des aviateurs.

M. Voirin regardait attentivement les montagnes qui se profilaient à l'horizon.

Soudain :

— Je ne pense pas, murmura-t-il, que le bruit d'une explosion puisse s'entendre des îles...

« Francis, ajouta-t-il, demi-tour. Revenons sur le Boche ! Grondard, prépare tes bombes !

Le gosse faisait aussitôt exécuter à son appareil un virage complet : quelques instants après le sous-marin se retrouvait dans le champ d'observation de l'hydravion.

M. Voirin tenant dans ses mains, une bombe munie de son percuteur se penchait au-dessus des flots, indiquait brièvement la manœuvre au pilote.

— Tâchons, fit-il comme se parlant à lui-même, de bien calculer notre affaire...

— Pas commode, patron ! remarqua Fabien qui s'était approché de l'Ingénieur. Ce damné bateau n'est pas en réalité à l'endroit où nous le voyons puisque le rayon visuel éprouve un changement de direction en passant de l'air dans le milieu, plus dense, de l'eau...

— Ajoute à cela que la bombe, une fois lâchée, sera entraînée pendant quelques instants par la vitesse dont notre aéro est animée...

— Oui, elle ne tombera pas perpendiculairement au but à atteindre... Pas commode, patron !

— Nous verrons ! répondit M. Voirin, en observant attentivement le sous-marin.

Deux secondes après, une gerbe d'eau jaillissait de la mer avec un grondement sinistre.

Un vent de tempête secouait violemment

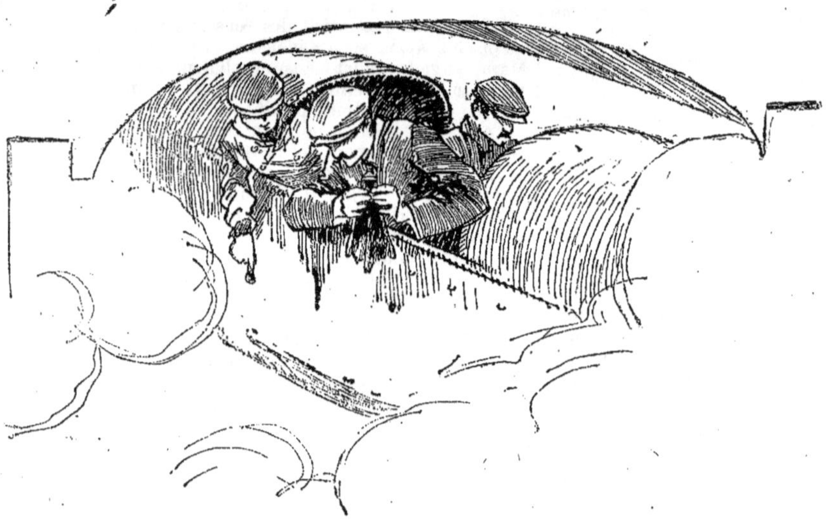

L'huile ! la tache d'huile... le coup a porté. (page 1597)

l'hydravion qui tanguait brusquement pour se redresser presque aussitôt.

— C'coup ci, s'exclama Fabien, y a pas eu tant de bobo que lorsqu'on a bombardé le cuirassé.

— C'est qu'aujourd'hui, expliqua Grondard nous survolons à une belle hauteur la place où la bombe a éclaté.

— Et le Boche ? fit le Parigot en écarquillant les yeux. On voit plus rien !

Il eut été effectivement difficile de voir quelque chose.

A l'endroit où l'explosion s'était produite, la mer écumait, comme soudainement prise de fureur.

Des vagues énormes se soulevaient, se brisaient, retombaient avec un bruit sourd ; d'innombrables bulles d'air givraient les flots agités, formant un écran opaque.

L'aéro tournoyait lentement dans le ciel, tel un énorme vautour décrivant de larges cercles dans l'espace avant de fondre sur sa proie.

Peu à peu, l'eau redevint transparente.

Le sous-marin demeurait invisible.

Soudain, la surface de la mer s'irisa des miroitantes couleurs de l'arc-en-ciel.

— L'huile, s'écria M. Voirin ; la tache d'huile! Le coup a porté...

— Oui, ajouta le Parigot avec un geste de triomphe, la coque du sous-marin a été déchirée, laissant échapper l'huile des moteurs, le Boche est par le fond.

— Et maintenant... à l'autre.

. . . .

Suivant le plan conçu par M. Voirin, l'hydravion survolait quelques heures plus tard, l'île Fayal, l'une des Açores, qui émerge de l'eau à peu de distance de Terceira.

Les côtes, bordées de rochers escarpés, apparaissaient dominées par des montagnes rangées en cercle au milieu de l'îlot et entourant un plateau élevé, percé d'une profonde vallée.

C'est sur ce plateau d'où la vue s'étendait, au loin sur la mer que l'aéroplane venait doucement atterrir à la tombée du jour.

Du haut de cet observatoire les aviateurs apercevaient à leurs pieds un sol onduleux, couvert d'une riche verdure, de citronniers, d'orangers et aussi d'opulentes moissons.

Un bois de cèdres gigantesques offrait aux voyageurs, pour y passer la nuit, l'abri de ses longues branches horizontales garnies d'aiguilles d'un vert sombre.

Nul incident ne vint troubler le sommeil auquel se livrèrent les aviateurs tour à tour, l'un d'entre eux veillant pendant que les autres se reposaient.

A l'aube, tous quatre étaient sur pied, s'apprêtant à descendre vers une crique au fond de laquelle se balançaient sur les flots quelques embarcations aux voiles multicolores.

L'intention de M. Voirin était de se faire conduire en barque, avec ses compagnons, à Tarceira et d'y attendre l'arrivée de l'avion de Steiner.

Au moment où les quatre hommes parvenaient à l'extrême rebord du plateau élevé sur lequel ils avaient passé la nuit, un point noir, qu'ils reconnurent tout de suite, sortit de la brume légère qui s'élevait sur la mer, à l'horizon.

— Steiner ! le bandit gronda Fabien. Déjà...

— Il est en avance, dit M. Voirin avec un geste machinal pour tirer sa montre de son gousset. Herr Mettwurst avait bien voulu m'apprendre qu'on l'attendait demain seulement à Terceira.

« Tant pis, continua-t-il après un instant de réflexion. Il n'y a pas à hésiter... à l'aéro !

Fébrilement, Grondard mettait le moteur en marche.

Ses compagnons étaient déjà dans la carlingue.

Il y sauta au moment où l'hydravion démarrait.

— Rien de perdu ! disait M. Voirin tandis que l'appareil s'éloignait à toute vitesse de l'île Fayal. Nous n'attendions pas sitôt ce maudit Steiner ; mais ses amis de Angro de Heroismo, la capitale du district central des Açores, près de laquelle se trouve le terrain d'atterrissage qui m'a été indiqué, ne comptent pas davantage sur lui pour aujourd'hui. Et nous arriverons bons premiers !

Quelques kilomètres séparaient l'île Fayal de Terceira.

En un quart d'heure, l'hydravion arriva[illegible] devant Angro, au-dessus d'une petite b[illegible] fermée par une ceinture de rochers.

— Tu les vois, les sous-marins? demanda le Parigot à Francis en lui montrant quelques monstres d'acier dissimulés dans les couloirs naturels bordés de rocs escarpés.

Mais le gosse n'eut pas le temps de répondre.

— Le bois, là ! lui criait M. Voirin, au milieu de la prairie ; atterris derrière, nous dissimulerons l'aéro sous les arbres... c'est là que Steiner doit s'arrêter.

L'hydravion, piquant aussitôt à angle droit, rasait la cime des arbres et s'immobilisait à cent mètres du boqueteau.

Les aviateurs sautèrent vivement sur le sol et roulèrent à la main l'appareil sous les arbres.

Le monoplan de Steiner passait au-dessus de Angro de Heroismo et s'abattait à cent mètres du petit bois dans lequel les quatre aviateurs se tenaient cachés.

Sans se presser, l'espion boche, et son complice descendaient de leur carlingue, enlevaient leur casque et leurs lunettes, se dépouillaient de leur « combinaison » de toile cachou.

M. Voirin et ses trois compagnons s'approchaient sans bruit de la lisière du bois.

Soudain, l'Ingénieur faisant signe à ses amis de l'attendre sur place, sortit vivement

... son corps s affalait, inerte, sur le sol. (page 1598)

du boqueteau et, revolver au poing, s'avança vers son adversaire.

Sous la menace de l'arme braquée sur lui, Steiner, imité de suite par son complice, levait les mains en l'air.

— N'ayez pas peur, Messieurs ! disait aussitôt M. Voirin d'une voix railleuse. Bien que je vous tienne tous deux à ma merci, et que vous ne méritiez aucune pitié, ce n'est pas par un... assassinat que je veux régler, définitivement, notre différend.

« Herr Steiner ! c'est à vous seul, d'ailleurs que j'ai affaire. Baissez les mains ! prenez votre revolver, et allez vous poster là bas, contre cet arbre. C'est un duel, loyal, que je vous propose. Nous n'agissons pas en traîtres, nous autres Français !

« Grondard ! continua l'Ingénieur en appelant le mécano du geste. Quand « Monsieur » sera prêt, tu compteras lentement jusqu'à trois... tu donneras le signal : Feu !

— C'est de la folie, patron ! s'exclamait Francis en sortant à son tour du petit bois.

— Quand on rencontre un chien enragé... commença le Parigot.

— Laissez-moi faire, dit froidement M. Voirin. Si mon adversaire me rate...

L'Ingénieur n'acheva pas sa phrase.

Une détonation sèche retentissait soudain sur la prairie ; une balle sifflait aux oreilles des aviateurs.

Steiner, du haut de la carlingue de l'avion où il était allé chercher son revolver, venait de tirer traîtreusement sur le petit groupe et appelait son complice du geste et de la voix.

La tête du misérable accroupi dans le fuselage, dépassait seule le blindage de l'aéro.

— Le lâche ! gronda M. Voirin en visant soigneusement le visage grimaçant de son adversaire.

Un second coup de feu retentit auquel répondit un hurlement de mort.

Le complice de Steiner, en sautant dans l'aéroplane, avait masqué, une seconde, la tête du bandit.

La balle, destinée à Steiner l'avait atteint mortellement au milieu du dos : son corps dégringolait le long du train d'atterrissage, s'affalait, inerte, sur le sol.

Steiner avait disparu derrière les parois de la carlingue...

— Attention ! commanda l'Ingénieur, rompant le silence de mort qui planait sur la prairie.

Avec précaution les quatre aviateurs s'approchèrent de l'avion boche.

Pas un bruit, pas un mouvement n'y révélait la présence d'un homme vivant.

— Le bougre compte encore nous prendre en traître ! grommela le Parigot en passant sous l'aéro et en se hissant ensuite doucement le long du fuselage.

Mais un cri de surprise lui échappait.

Steiner, le front troué, était étendu au fond de la carlingue : de la blessure, le sang s'écoulait goutte à goutte.

La balle de M. Voirin, transperçant le complice du bandit, avait atteint celui-ci juste entre les deux yeux !

— Justice est faite ! dit gravement l'Ingénieur en se découvrant.

— Oui, répondit hâtivement Fabien qui venait d'apercevoir, amarrés sous le siège du pilote les engins volés au chimiste Rodier, si nous voulons emporter les bombes, faudra nous dépêcher !

Des paysans, attirés par les coups de feu.

se montraient en effet, à l'extrémité de la prairie, accouraient sur le théâtre du drame.

Le Parigot saisit rapidement une à une les bombes qu'il passa à ses camarades, puis, tous quatre traversèrent en courant le boqueteau derrière lequel attendait dissimulé sous les branches, l'hydravion.

Quelques minutes après, l'aéroplane s'élançait dans l'espace... vers la France !

ÉPILOGUE

La dernière étape du voyage si aventureux entrepris par les hardis passagers de l'hydroaéroplane s'était heureusement accomplie.

A peine débarqués sur le sol natal, M. Voirin, Grondard et Fabien qui n'avaient pu répondre à temps à l'appel de la patrie lâchement attaquée, se hâtèrent de régulariser leur situation militaire.

Tous trois se voyaient aussitôt affectés à des centres d'aviation où ils étaient appelés à rendre d'importants services.

L'apprenti parisien, trop jeune encore pour être mobilisé, rentra au modeste logement de la Route de la Révolte que Madame Mahault occupait toujours avec la petite Louisette.

Nous n'essayerons pas de décrire la joie éprouvée par ces trois êtres qui s'aimaient d'une telle affection, en se trouvant, enfin ! réunis.

Pourtant, ce bonheur parfait fut de courte durée.

Certain, en quittant à nouveau sa mère adorée et sa sœurette chérie de les laisser dans une aisance relative, Francis avait tenté l'impossible pour rejoindre au front son patron et ses deux camarades qui avaient réussi à faire partie, à des titres divers, de la même escadrille.

Le bruit des aventures de l'Apprenti Parisien s'était rapidement répandu parmi les aviateurs militaires, bons juges, s'il en fût, en matière de courage, d'héroïsme !

Malgré son jeune âge, et en raison de ses remarquables exploits, le gosse fut autorisé à contracter dans la cinquième arme un engagement pour la durée de la guerre.

Nous retrouverons sans doute un jour le héros du Tour du Monde en hydroaéroplane... un des plus glorieux « As » de l'Armée Française !

FIN

Fontenay-aux-Roses (Seine). — Imp. L. Bellenand.

CONCOURS DES INVENTEURS

(Bon à détacher)

N° 100

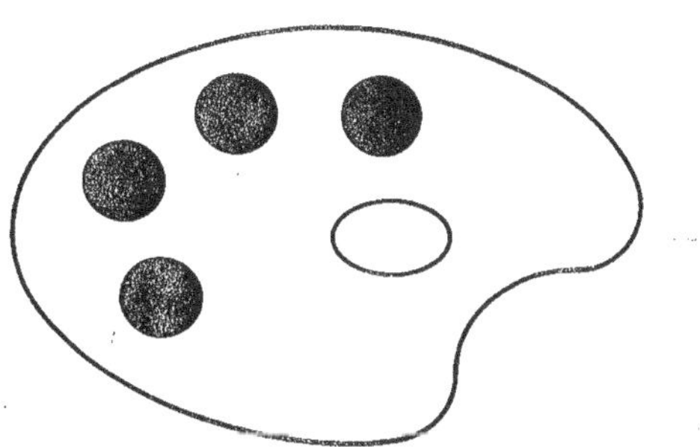

Original en couleur
NF Z 43-120-8

Reliure serrée

www.ingramcontent.com/pod-product-compliance
Lightning Source LLC
LaVergne TN
LVHW010315230826
846091LV00009B/3660

* 9 7 8 2 3 2 9 2 1 0 1 7 9 *